다섯식구

최윤정 시집

다섯식구

2021년 12월 10일 1판 1쇄 발행

지은이 · 최윤정
펴낸이 · 유정숙
펴낸곳 · 도서출판 등
기 획 · 유인숙
관 리 · 류권호
편 집 · 김은미, 이성덕

주 소 · 서울시 노원구 덕릉로 127길 10-18
전 화 · 02.3391.7733
이메일 · socs25@hanmail.net
홈페이지 · dngbooks.co.kr
밝은.com

정 가 · 12,000원

다섯식구

최윤정 시집

추천의 글

최윤정 시인은 초록별이다.

최윤정은 숨어있는 자기의 삶의 조각을 시와 그림에서 찾아내고 있다. 그가 그린 그림은 그의 자화상이다. 그가 써놓은 글은 숨어있는 그의 삶을 조각조각 꺼내놓은 자화상의 편린(片鱗)들이다.

이번에 출간한 『다섯 식구』는 자기 자신을 시인으로서 화가로서 가장 확실하게 드러낸 시화집이다. 시와 함께 수록된 색연필 그림은 최윤정 시인이 순수한 어린이의 눈으로 그려낸 영혼의 그림이다. 최윤정 시인은 자화상을 그리겠다고 그린 것은 아니지만 그가 그린 인물의 얼굴은 모두 그의 자화상이다.

내가 나를 그린다는 것은 객관적으로 자신을 보여주기 위한 시도이기도 하다. 그러나 자기가 자기 자신을 객관적으로 보여주는 것이 쉬운 일은 아니다.

그럼에도 불구하고 많은 화가들이 자신을 그려내는 일을 한다. 화가 중에 고흐나 램브란트 등이 많은 자화상을 그렸다. 문학 작품에서도 윤동주나 서정주 등 많은 시인들이 자화상을 시로 썼다. 내가 나를 보는 것과 타인이 나를 보는 것은 다른 경우가 많다.

그러나 이 시화집에 그려진 그림 속의 얼굴들은 최윤정 시인의 자화상이다. 누가 보아도 객관적으로 최윤정 시인의 얼굴이다. 밝고 투명한 얼굴, 긍정적인 화해의 얼굴, 희망과 꿈이 있는 얼굴, 화사한 사랑의 얼굴, 화목한 가족의 얼굴이 시와 함께 그려지고 있다. 최윤정의 모습 그대로가 시와 색연필 그림 속에 이모저모로 모여있다. 다음 시를 보면 색연필 그림의 이미지와 별처럼 빛나는 시인을 만나게 된다.

하늘에 떠 있는
큰 별 둘 작은 별
사랑으로 모여서 식구처럼 지내더니

나란히
한 줄로 서서
다섯 식구 되었네

—「다섯 식구」 전문

최윤정 시인은 저녁 시간, 별이 가득한 하늘을 보며 다섯 식구를 그리워한다. 하늘의 별이 땅에 내려와 둥근 식탁에 모여 앉으니 행복한 가족 풍경이 된다. 시인의 가족은 별빛 가족이며 시적 상상력 속에서 시인은 스스로 별이 되고 있다.

알퐁스 도데의 단편소설 〈별〉 마지막 문장이 생각난다.

'저 숱한 별들 중에 가장 가냘프고 가장 빛나는 별님 하나가 그만 길을 잃고 내 어깨에 내려앉아 있노라고' ...

최윤정 시인은 가장 가냘프고 어여쁜 별님 하나가 우리 곁에 내려와 앉아있는 영롱한 초록별이다.

문복희 (시인, 가천대 교수)

시인의 말

수면에서 나를 바라보면 모두 구겨진 모습입니다. 그 구겨진 모습들을 펴는 작업은 시간과 믿음 같았고 하늘에서 속삭이는 꿈이 아닐까 생각합니다. 못난이는 이런 사실을 모르고 내가 잘난 듯이 멈추지 않고 보냈습니다. 상처 나던 언어들을 붙잡고 울었습니다. 의연히 받아넘기는 심장을 달라고요. 그런데 아직은 멀었는지 낯선 시간들이 두렵고 긴장도 됩니다. 누군가를 그리워하고 기다린다는 건 희망이며 설렘 아닐까요.

아팠던 날들이 좋은 날이 되리라 믿으면서 하늘, 바다, 나무, 꽃, 잎새, 구름을 작은 창가에 앉아 시를 쓰고 작은 그림을 그리며 못난 마음을 포근히 품어보겠습니다. 하루 속에 쌓인 삶이 살아가는 동안 낮아지는 시간이 되기를 바랍니다. 작은 그림을 그려가면서 또 다른 문을 여는 것 같았고 문을 닫을 때까지 나를 내세우는 것이 아닌 물감을 좋아하고 색연필을 사랑하는 길로 걸어가는 시인이 되고 싶습니다. 온

수 물에 담그는 두 손처럼 따뜻한 지문을 사랑하는 이에게 찍겠습니다. 값비싼 다이아몬드는 드릴 수 없지만, 마음을 담은 시와 가슴을 담은 작은 그림을 살포시 놓아드리려 열심히 노력하겠습니다. 하늘에 별만큼 빛나지는 못하지만, 그 별을 품으며 소박한 하루를 살아보겠습니다. 고단한 시간일수록 버거움을 비껴가고 아침을 다시 맞이할 수 있는 고마움에 감사하면서 살아가겠습니다. 꾸준히 마음을 씻어 다가오는 들판에 앉아 붓을 들고 시를 쓰겠습니다.

저를 사랑하시고 진심으로 기도해주신 문복희 교수님, 저의 시를 이끌어주시고 믿음으로 다듬어 주시는 문복희 장로님, 큰 사람은 못 되지만, 열심히 노력하는 사람으로 교수님 곁에 끈끈한 풀같이 붙어 있을 거예요. 하늘나라 가서도 떨어지지 않을 거예요. 감사합니다.

2021년 11월 최윤정

차 례

제1부 풀잎은

제2부 꽃잎은

제3부 나무는

제1부

풀잎은

하루 1

하루의 절반은
살음에 사무치며

절반의 눈동자는
눈물을 받쳐본다

맴도는
또 하나의 삶
말 없는 눈빛이다

기억

말 없는 불빛들
먼 기억 그립다
숨소리 조심스러워
다가가는 그대 기도

조각달
살아가는 동안
둥근 달은 기다린다

사모하기 때문

슬픔이 쌓이고
모나던 입술에도

고개 숙인 이유는
사모하기 때문이다

발등에
부서진 마음이
녹아있기 때문이다

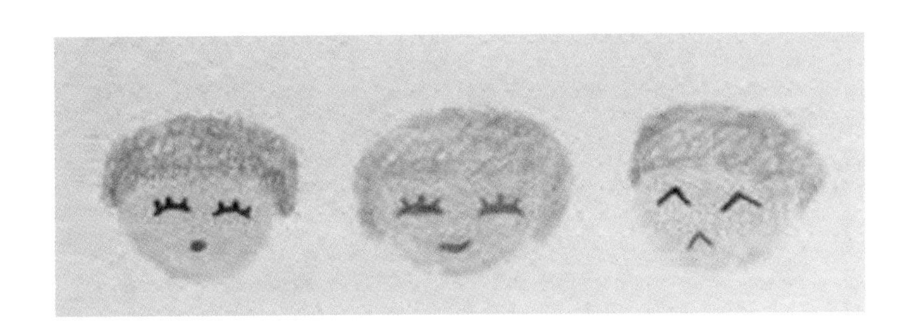

기도

낮아지는 언덕길
야윈 눈길 마주치면

시린 가슴 못 잊어
깊은 밤 두 무릎 꿇는다

몸 바쳐
사랑했던 부활
천년의 삶 기다린다

유리창

자그만 유리창에

흰 구름 여행한다

휘파람에 멋을 내며

아픈 티끌 꽉 물고

목이 긴

사슴 한 마리

통통통 뛰어온다

온수 물

녹색 불 건너던 청년이

작업복에 먼지를 툭툭 턴다

나른한 하루는

따뜻한

온숫물에서

무거운 어깨를 쓰다듬는다

가로등

어둠이 내려앉은 길가에

유리빛 반짝이는 키다리

그대는 내 친구

전봇대

어둠 안에서

옷깃을 잡아주던 등대가 걸려있네

붓 터치

마당에 쌓아두던 먹먹한 눈물을
녹여주던 입맞춤은 푸르게 웃는다
붓 터치
곱지 못함은
난해하게 살아온 탓일 겁니다

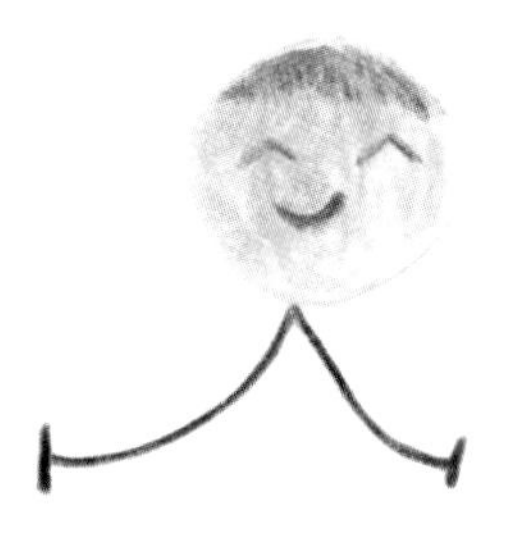

마른 잎에

바람에 빤짝이는

나무의 숨소리 창가에 묻는다

이파리에 지문 찍어

의자에

조용히 앉아

따뜻한 입김이 마른 잎에 촉촉하다

이슬

이슬이 가지에서 그네를 뛰네요

걸려있는 계절이 응시하며 부르튼

눈물을

쓰다듬어요

노을과 의자가 합창을 하나봐요

하루 2

고단한 하루가 누워 있다
눈 감은 채 구부러진 등처럼
제 몸을 감싸며

말 못해
울었던 기억
햇살은 담 넘어 날개를 달아준다

무늬로

하늘에 꽃잎이 걸어가고
강물에 풀잎이 헤엄치면
새싹들이 퐁당퐁당

들판에
달리는 산하
내일의 무늬로 남겠지요

파란 멍

긴 바늘 꽂고서 조각조각 부서야

웅그리던 파란 멍

사라지는 거라며

허리에

동이던 신음

가로등 빛들을 품에 안아본다

풀잎은

수면 위에 달빛이 비친다

촉촉이 아침을

다듬는 이슬이 건반에서

통통통

건너고 있다

풀잎은 가수처럼 노래를 부른다

다섯 식구

하늘에 떠 있는
큰 별 둘 작은 별 셋
사랑으로 모여서 식구처럼 지내더니

나란히
한줄로 서서
다섯 식구 되었네

손톱

깨진 손톱 아파서
긴 숨결 감싸 안고
가시에 찔렸던 시간을

밤하늘
투명한 물에
씻어 푸른 나무에 올린다

철새

울지마라 달래면서
날아간 철새들
오늘도 네 이름 부르다가
그리워한다

네 등에
내가 타고서
사계절을 부둥켜안는다

발자국

땀 범벅된 이야기
언덕 넘어 바다로 넘길 때
꼭 품었던 어린 아이 울적하다

통통통
뛰어다니던
발자국 커튼 뒤에서 들린다

지문

삶의 무게 꿋꿋이 버티던 지문이
유리잔 안에서 여린 꿈과 자란다

품었던
별의 노래가
놓쳐 버린 시간을 떠올리네

거울

빗물이 잠시 멈춘 골목에

작은 잎이 뒤적이며 한숨 쉰다

푸른 아침 바라보면

노을이

찾아와 준다

눈물 젖은 거울이 울고 있다

물 언덕

긴 바람 물 언덕을 밟으며
요동치는 폭풍에 먹구름은
새파랗게 질려있다

신음에
떠는 두 눈에
깊은 숨은 안쓰럽다

가을 나무

가을은 창 밖에 서성이면
언덕길로 번지는 붉은 바람
그네 뛰는 몸짓이

채 익지
않은 들판이
노란 잎 안고서 걸어온다

가을 입김

다가오는 따듯한 가을 입김
하늘에 퍼지는 노란 액체
들고서 시를 쓴다
붓 하나
잉크에 담가
숲속의 아침을 그려간다

나무는 조각을 새긴다
색동 한복 지었던 내 여인이
빙그레 웃어본다

모레 사장

창문에 노란빛 무늬는
어여쁘게 여겼던 햇살
모레 사장 숨을 쉰다

저 멀리
넘어가는 나
호수를 걷고 있다

오리 남매

징검다리 놓였던 개울가
오리 남매 정다워 물결이
겨안고 흘러가네

유난히
눈부신 햇살
잎새가 윙크하면서 지나가네

제2부

꽃잎은

착한 사람

몸 태워 비워도 웃는다
부족함에 애태운 두 손에
별 하나 숨어있다

보이지
않아도 아는
기댈 수 있는 등받이라는 걸

빗줄기가

거리에 꽂히는 빗줄기가
가냘픈 마음들을
웅덩이로 꽁꽁꽁 파묻는다
손끝에
힘든 사투를
끝내려는 아랫동네 내 손도 펼쳐본다

흠뻑 젖은 옷자락 동이고
돌에 박힌 눈동자
흙탕물을 빗자루로 쓸고 있다

꽃잎은

새벽을 안았던 꽃잎은
향기를 심어보네
어깨를 가볍게 지나가는

구름이
고즈넉하게
선비처럼 시조를 외워보네

저녁이

하얀 백지 응시하며
뒤뜰에 묻어둔 두 손목
울먹이며 빛들이 담겨 있다

가냘픈
저녁이 아파
별똥별 가뜩 찻잔에 마셔본다

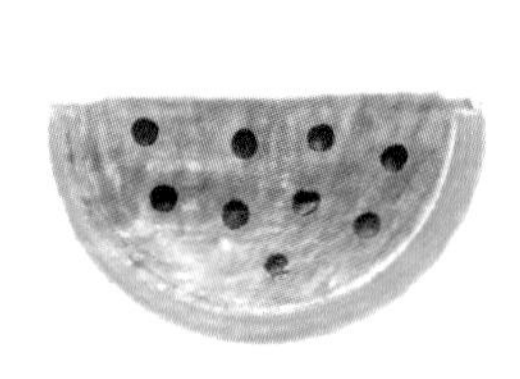
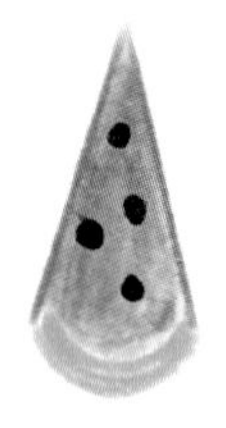

주름살

창 안에 노화된 세월이 맴돈다
늘어진 햇살이 얼굴에 걸려 있고

낫 서린
얼굴이 운다
울고 있는 둥근 해가 껍질 같다

창 밖

계곡에 종이배가 떠 있고
들녘에 윤기 나는 그네가
흔들흔들 여유롭다

앞 넓은
푸른 물결은
살랑살랑 내게 오라 손짓한다

봄볕

노란 잎이 달린다
목마 타고 바람이
조용히 걸어온다
고장 난 창 밖 같다

빙그레
문을 여는 봄볕
꼭 개나리 닮았다

유리창

자그만 유리창에

흰 구름 여행한다

휘파람에 멋을 내며

아픈 티끌 꽉 물고

목이 긴

사슴 한 마리

통통통 뛰어온다

빈자리

앉아서 서글픈
키 작은 꽃잎들

부서진 심장이
시선 잃고 떠돈다

내 안에
빈자리 채웠던
하늘 끝 푸른 맹세

낮은 땅에서

손댈 수 없었던
아깝던 사랑을
손등 위에 얹어본다
낮은 땅에 싹튼 그대

어디서
가뜩한 사랑
모을 수 있을까요

믿음

밤하늘에 올려놓은
한 사람이 그리워

별의 숨결 마주하면
늙지 않은 믿음이

황혼 녘
가득한 등대 빛
눈 뜨고 지키리

작은 아낙네

보이지 않았던 별 창문을 열었더니
별난 세계 신기한 듯 땅거미 넋 잃는다

발밑에
어둠 내리고
눈 뜨고서 보지 못한

뜨겁게 잘못 비는 아주 작은 아낙네
상처 난 멍든 시간 그 심장 안아 본다

말들이

입술을 헐게 하는 말들이
길바닥에 뒹굴며 펴져 있다
우윳빛 새벽에는

외로운
뽀얀 사슴이
사라지고 말았다

따스하게 내일을 배우던
메아리가 땅거미 내려앉는
모퉁이에 서 있다

아픔

곧지 못한 다리가 아프다
씨름했던 귀여운 발가락
밤마다 울고 있다

잠자던
인어공주 얼굴
빗줄기가 흘러내린다

새벽종

창가에 기도하는 새벽종
종이학을 날리며 창백한
영혼도 품어본다

나무와
철부지 물새
좁은 골짜기 날아본다

고개 길

등대가 하얗게 불사르던 별들이
강가에서 물결 위로 걸어온다

언덕 위
작은 세계가
귓가에 와 닿는다

새까만 상처들이 한 고개를 넘어가고
한 고개를 넘어오던 산길이 곱게 물든다

무지개

감 하나 저녁 바람에 가을이
되버렸고
붉게 물든 둥근 해도 가을 바다
되버렸다

무지개
떠 있는 하루
가을 여인으로 물들었다

긴 그림자

유리 빛 스며드는 길가에 꿈틀대며
일어나는 긴 그림자
소리 없는 어깨동무다

손등에
머금은 새벽
이슬에 젖어 든다

백지

굽어진 어깨가 신음을 내고 있고
고개 숙인 눈동자 밤새워 떨고 있다

뭉쳐진
상처 난 언어
백지에서 울고 있다

깍지 낀 물결

그리움을 껴안은 바다는
숙연하다
흐느낌을 파도에 던져도
깍지 낀
바람은
멈추지 않은
물결만 어루만진다

잡초

못생긴 낙엽이 구석에서

말라간다

상실된 관심은 조명을

받지 못한

잡초를

뺨에 대보며

다친 눈빛 보듬어 안는다

수면

구겨진 그림자 서랍 안에

고이 접고

비틀대는 마음도 온기가

잡아본다

수면에

비친 푹신함

창가에서 속삭인다

흰꿈

설치던 밤 이불 속에 감추고
돌보지 않았던 인생이
한계절을 받아 적는다

푸르게
잠든 물결이
흰 꿈을 표현한다

욕심

검은 바위 묶어 놓은

낯설은 욕심이

껍질처럼 말라간다

투명한 창 안으로

들어온

착한 노을이

묵묵히 지켜준다

새처럼

두 다리가 비상하는 새처럼 날아요
이끼 낀 바위를 머리에 이면은

날개는
아침 별들과
벗이 되어 바다를 날아 주네요

제3부

나무는

땀

햇살이 살며시 놓고 가는
그늘에 더벅머리 몇 가닥이
이마 위에 흩어진다

떨어진
땀을 침묵에
담아 고왔다 전해준다

잎 하나

시멘트 틈새로 울고 있는 잎 하나
애처로워 다가가니 골목으로
숨어버린다

보슬비
멈춘 나무는
젖은 울음 달래본다

물의 꿈

커튼 사이 한 움큼
옥빛 보석이 피어난다
언덕을 응시하는
슬픔에 목련이 핀다

눈부신
맑은 피부들
물의 꿈을 간직한다

흰 손

아무도 돌보지 않았던
잡초가 하얀 꿈을 지킨다
우물가 여인처럼

냉정한
입술과 낙인
온몸이 섬기던 그 흰 손

길

부수고 합쳐도
한 조각이 숨어버리고
만들고 무너져도
변화가 보이지 않아

평생을
낮과 어둠을
등에 지고 머물다 가는 길

흰 하늘

빛들이
미끄러져 푸른 물에 반사되면
연못에서
기다리던 흰 하늘 붉게 타네

발등에
입을 댄 눈물
하얀 수련 꽃으로 피었네

떠난 시

내 모습 그렇게 싫은 걸까
바람이 되어서 떠난 시
사잇길로 숨는다

회색빛
하늘에 덮여
시 하나 언제쯤 찾아와 주려나

커피잔

잠에서 깨어난 탁자에
얌전히 앉아 있는 커피잔
두 손은 따뜻해진다

내 다리는
작은 입김에
망사처럼 하늘거리고 있다

조각 이불

하얀 솜이 하늘에서 실타래를 감는다
구름이 만들던 조각 이불 푸근하다

온종일
잠에 빠진다
중천에 있는 해가 코를 곤다

어린 지문

사진첩에 머물다간 어린 지문
지금은 창문에서 새겨졌던 삶들이
접혀있다

그리움
머리에 이고
몸부림 친 작은 새의 미소

영상

소리 없는 기억을 매만지며
어눌했던 사랑을 저장하면서
흙 계단을 올라간다

들리지
않지만 삶이
영상에 파고든다

시계추

내 귀는 시계추에 매달려
달콤함과 쓴맛을 듣는다
과거와 현재처럼

아치형
돌다리 위에
가본 적 없었던 미래가 손짓한다

나이테

풀지 못해 조여오는
나약한 심장은
덩굴 가시 박힌 피부
고름을 뽑아냈다

아주 먼
나이테 얘기
살아나 시 한 줄 취해본다

오케스트라

하늘이 노래하고
두 눈에 가락을 담는다
개구리가 지휘봉을 들고서

조용한
오케스트라
연주를 달빛에 모아둔다

찻잔

노을이 창 안으로 들어온다
바다와 등대를 어깨에
매고서 오고 있다

빛들이
스며든 찻잔
기억 끝 아픔을 읽어간다

작은 발

하늘길 따라가는 작은 별
외길을 달리던 잎 하나가
묵묵히 지켜준다

수평선
닿기 힘든 곳
꿈틀대며 눈물 발 밟으리

푸른 이야기

책장 넘어 밀려오는
벅찬 시간 너는 알까
가만히 있어도 펼쳐진

시 한 편
뚝딱 그려진
잉크로 물든 푸른 이야기

나무는

피 멍든 잎파리들
신음을 하며는
빗줄기가 힘차게
나무를 씻어준다

큰 상처
아물어 갈 때
나무는 생명과 조화되는 영원성이다

새벽길

옷 끝에 얼룩을 물끄러미
보다가 또다시 걸어본다
걸어오던 새벽길이

조용히
하얀 무늬를
새기며 밤하늘로 스며든다

절반

하루의 절반이 나무가 되었고
나머지 절반은 나무 뒤에 살았다

반달은
하늘에 앉아
반달은 보름달이 되가는 거겠지

숨소리

빛들이 빠져든 늦은 저녁
조용히 움직이는 소리 들은
침묵의 눈빛이다
허름한
거리 돌다가
눈웃음 줍는 소리다

귀여운 철부지가 앙앙대는
푸른 빛 소리가 정들었던
아주 작은 옛길이다
세월이
나무에 앉아
먼 지구를 바라본 숨소리다

사모의 숲

그리움이 가득히
싸여있는 사모의 숲

하얀 별이 쏟아지면
그대 자취 찾아서

둥그런
태양이 누운
첫 새벽 기도하리

아지랑이

오지 말라 명령했던
내 안에 욕심을

호숫가에 묻으며
보듬어 준 아지랑이

들녘을
뛰는 소리가
심장에서 피어난다

가지 않는 시계

종이배가 바다로 돌아가고
땀자국 난 얼굴들
얕은 주름살이 녹아 있다

노을에 걸려있는 육지에는
젖가슴 같은 둥근 해가
가지 않은 시계에 앉아 있는데
어린 모습이 물결을 타고
지나가고 있다

일편단심

거역하지 못하는 옷고름의 매듭은
언덕에서 떨어지던 일편단심 사랑이다
그리움
뒤에서 숨어
애타는 비녀의 숨결

징검다리 앞에서 못 부르는 불빛들
돌아서지 못하는 발등에 나비 앉는다

빗물

나무의 발밑에 빗물이 흐른다
빌딩도 오두막도 빗물에 젖어 있다
지나가는 인생이 길어도 짧아도
가슴에 비가 온다

어릴 적 놀던 생각이 달빛에
지고 있는데 눈 속의 낙원은
언제나 그 자리에 걸려있다

바람이 부딪히는 소리를 들으며
몸을 푸는 잎사귀는
나무를 품에 안아본다

끊긴 꿈

걷고 있는 다리가 순간 멈추었다
걷던 사람이 사라졌다. 매정하도록
아마도 꿈속 어디선가 눈물을 쏟고 있을 테지

챙기지 못해 끊긴 꿈 한 조각
새벽녘 우두커니 바라본 하늘가
목련꽃이 하얗게 피어 있고
별 품에서 다시 잠을 청하는 한 사람
앉아 있어도 저녁노을을 볼 수 있는
하늘이 고맙다.

나비

나비 등에 추억이 묻어 있다
곧지 못한 길에서 다시 날아
몸짓이 되라 했다

수줍음
감추며 살다
활짝 핀 바람을 따라간다

검정 비닐봉지

꾸질꾸질했던 엄마가 미웠다
검정 비닐봉지를 모으는 당신이 싫어
대신 하얀 봉지를 사드렸다
너무 깨끗해 못쓰겠다 하시며
시장에서 담아온 봉지에 주섬주섬
담는 작은 소모품이 웃는다

가난이 묻어나는 엄마의 쓸쓸함이 아프다
모질게 산 탓에 새것은 불편하다며
장롱 뒤편 새 가방이 얌전히 앉아 있다
당신을 닮아버린 한 사람이 거울 속에서
나를 보고 있다

식탁

싱크대에서 밥 향기가 모락모락 피어나면
혼자 앉은 식탁에 괜스레
콧등이 시큰해진다

모여들었던 숨소리들이 그립다
우두커니 앉아 쳐다봐도
식탁 너머에는 아무도 없다

하루 정도는 옛 거울 속을 보는 것도
응급실로 가는 것보다 낫겠지